新版

ペストの村にヒースの花咲く

飯田まさみ 著

青山ライフ出版

目次

一　ロンドンからの旅人

二〇＊＊年、今年もまた、八月最後の日曜日になると、イングランド、ダービシャー州の山中にある小さな村、バームには、よその町や村からたくさんの人々が集まってきました。ふだんは、人も少なく静かな村の通りも、この日ばかりはまるで市の日か何かのようににぎわいます。人々は、村の教会から村外れのくぼ地まで行進し、そこで催される厳かな式典に参加するために、やってきたのです。

輪になれ　輪になれ　ばらの花
ポケットいっぱい　花の束
ハクショーンのショーンション
みーんなみんな　たーおれた

牧師が、イギリスの子どもたちに人気のあるこの童謡を、唱え始めました。すると、人々はみな黙とうをささげながら、今からおよそ三百五十年余り昔のバームの人たちに思いをはせるのでした。

一六××年の九月初めのある日も、今日とおなじように、ヒースの花が村の周りの丘を一面に紫がかった紅色に染めていました。ネリーは、友だちのエミリーとケイトの三人で、デール川の河原の牧草地でいつものように羊に草を食

ばら

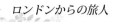

べさせていました。

ネリーは、この前十一才の誕生日を迎えたばかりの気立てのよい女の子でしたが、幼い頃、両親を亡くしてからずっと、おばあさんと二人で暮らしていました。エミリーはネリーと同じ年、ケイトは一つ年下の、何をするのもいっしょの仲良しでした。こうして、ネリーが羊の世話をする時も、いっしょについてきてくれるのでした。

この河原の牧草地は、三人のお気に入りの場所になっていました。浅瀬に続く岸辺が広い河原になっていて、木々の茂ったゆるやかな傾斜の崖に守られ、だれからもじゃまされず思いっ切り遊ぶことができるからです。春の初めには、かわいらしいデイジーが白いじゅうたんをしきつめてくれ、心ゆくまで花輪作りを楽しめます。やがて、緑がすっかり息を吹き返して野にも丘にも輝く頃には、きんぽうげが金色の花びらを細い茎の先につけて、川を渡るそよ風にやさしくゆれます。

夏も終わりがけの今時分は、ちょうど、黄色ののぼろぎくの群がり咲く季節です。空いっぱいにあふれている昼下がりの日の光よりもっと明るいといっていいほど、河原一面にのぼろぎくが輝いています。

ネリーがつれてきた羊は、親子の羊でした。子羊の方は、この四月に生まれたばかりでネリーにとてもなついていました、ネリーがボニーと名付けて、ずっと世話をしてきたからです。ボニーが母さん羊と草を食べている間、ネリーとエミリーとケイトははだしになって、向う岸に渡りました。

岸の崖には、たくさんのすぐりの実が熟していました。ネリーは、おばあさんの作るすぐりのジャムが大好きでした。籠《かご》いっぱい取れたので、三人はまた羊たちのところへもどりました。

「もう、そろそろ帰らない？ボニーたちもお腹がいっぱいになったようよ」

「そうね。何時頃かしら」

ケイトがのぼろぎくを一本折ってきました。

「わたしが吹くわ」

エミリーが大きく息を吸って、花びらを吹きました。すると、まだ少し残りました。

「やっぱり、帰らなくちゃ。おばあさんが待ってるわ」

この花びらが一度で全部吹き飛ばされると、帰るにはまだ早く、少しでも残ると、もう帰る時刻なのです。

三人は岸から上がって、村へ向いました。ネリーが「ボニーのトンネル」と名付けた、にれやぶなの木の葉でおおわれた緑のトンネルの中に入りました。

ネリーたちは、羊をちょっと止まらせて、ひと休みしました。

その時、ケイトがささやきました。

「ねえ、向う岸の丘の道を荷馬車でやって来るのは誰?」

「見かけない人のようね」

ほの暗い木の葉のトンネルの向うにまぶしく光って見える丘を、一台の荷馬車に乗って一人の男の人が、村の方へ進んでいます。ヒースの花の輝く丘に抱かれて、午後の明るい日射しを浴びたバームの村が、いかにも安心しきったようにうずくまっています。ネリーもエミリーもケイトも、この男の人が、これからこの村の人々を恐怖と不安に落としいれる原因になるなどとは、もちろん、この時は思いもしませんでした。

「きっと、あの人は洋服屋のブラウンさんのところへ、服地を卸しに来たのよ」

ケイトが言いました。

「じゃあ、ロンドンからやって来たのかしら。わあ、すてきだわあ」

エミリーは、いつもロンドンに憧れていたのです。彼女が人から聞き知ったロンドンは、着飾った貴婦人たちの集まる立派な宮殿があり、大勢の人々が行きかう、美しい店の並んだ大通りのあるとてもはなやかな都でした。

「一度はロンドンへ行って、王様やお妃様に会ってみたいわ」

「まあ、そんなことできるわけないでしょ。ふつうの人は、宮殿の中には入れないのよ。そうそう、小ねこになったら、入れるかもしれないわ」
ケイトが笑ってからかいました。

「ねこちゃん　ねこちゃん
どこ行ってたの
女王様にお目にかかりに　ロンドンへ
ねこちゃん　ねこちゃん　何してきたの
女王様のいすの下
ねずみをおどしてやりました」

「まあ、ケイトったら、ひどいわ」
村の方へはやして逃げるケイトを、エミリーは追いかけて行きました。ネリーも、お母さん羊に甘えていたボニーを急がせて、村へ向いました。ケイトとエミリーはもう仲直りして、いっしょに歌いながらだいぶ先の方を歩いています。

ネリーは、このバームの村の自然と人々がとても好きでした。村の周りには、たちじゃこうそうの香る野や、羊たちが草を食べる牧草地が広がり、その向うには、ヒースの茂るなだらかな丘がうねうねと続いています。谷間には、さらさらと清らかな水が流れ、緑のかげを映しています。そして、村の人々は大して裕福ではありませんが、それなりに満足して暮らしています。つつましやかで素朴な石造りの家の並びが、平和で満ち足りた人々の気持ちをよく表していました。

ネリーは、丘を南東へ向っていくつもいくつも越えれば、やがてロンドンに着くはずだと、トンプソン牧師から聞いたことがありました。トンプソン牧師は、この村の教会へ赴任してまだ二年の、若い教区牧師でした。夫人のクレアは、日曜日に礼拝が終わるといつも村の子どもたちを集めて、聖書の話やおとぎ話を語ってくれたり、童謡を教えてくれたりして、子どもたちから「クレア先生」と呼ばれ、したわれていました。特に、両親のいないネリーは、トンプソン牧師と夫人のところへよく行くようになっていました。

ネリーは、二人が暮らしていたロンドンのことも、時々話してもらっていました。でも、トンプソン牧師の結論は、

「このバームの村より美しいところは、他にはないだろうよ」

ということでした。

「ロンドンには、確かに、豪華な馬車や、壮大な宮殿、楽しい劇場、おいしい食べもの、美しい洋服など何でもある。だけど、こんなに輝くヒースの丘や清らかな小川はないよ。

わたしはこの村に赴任して、ほんとうに幸せだと思っているよ。

来る前は、丘に囲まれているから、冬がとても寒くて辛いだろうなあと、クレアと話していた。けれど、来てみたら違っていた。見渡す限りの白い雪の丘は、まるで別世界で、感激したよ。

冬が過ぎ、暖かな光が空に満ちると、黒っぽかったヒースのかん木が少しずつ緑色になってくる。それから、丘を甘い香りのそよ風が吹き、野には、らっぱ水仙、ブルーベル、デイジーと次々に花が開く。せせらぎは、さらさらと音を立て、きらきら光る。

この村に来るまでは、自然がこんなにすばらしく、花や木や水の命がこんなに輝いているものだとは、思わなかった。

村の人々も、とても親切で素朴で、わたしもクレアもまだ二年しかここで暮らしていないのだけれど、もう長くいるような気がする。ネリーとも、赤ん坊の頃からの知り合いのように思えるよ」

トンプソン牧師が以前、しみじみとこう言ったのを、ネリーは丘を見ながら思い出していました。

その夜、夕食後、ネリーがバター作りの攪乳器《かくにゅう》をかき回していると、おばあさんが、それまで糸を紡いでいた手を休めて、たずねました。

「ネリー、おまえ、今日の午後、荷馬車に乗った人に出会わなかったかい？」

おばあさんは、村でとれる羊毛を紡いで、ネリーとの生計を立てていました。たくさんの錘竿《つむざお》に、小さな錘《つむ》を手早く渡していって、細く細く紡いでいく、おばあさんの技の見事さは、見ていてほんとうにほれぼれするくらいでした。村でも、ネリーのおばあさんほど細く糸を紡ぐことができる者はいないことが、ネリーの自慢の一つになっていました。

「ええ、見かけたわよ。遠くからだったから、どんな人かはよく見えなかったけれど。エミリーやケイトと、あれは洋服屋のブラウンさんのところへロンドンから服地を卸しに来たのじゃないかしらと、話していたのよ。

エミリーったら、ロンドンへ行って王様やお妃様に会いたいんですって。そんなこと、無理よね」

ネリーが、昼間のことを話し始めようとすると、おばあさんが、ちょっと心配そうな顔をして言いました。

「その人は、ロンドンの服地商人のカーチスさんだよ。今晩、セラーズ夫人の家へ泊まっているはずだよ。

夕方、お隣りのポターさんの奥さんが来られて、少し話を聞いたんだがね」

セラーズ夫人というのは、教会の西にある、村で唯一の宿屋、「赤いライオン」のおかみさんでした。ずいぶん前にご主人を亡くして以来、ずっと一人で二人の息子を育てている、とてもしっかりものの婦人でした。もっとも、宿屋といっても、こんな山の中では泊り客はめったにおりませんでしたが。それで、ふだんは、村の人たちが気晴らしにちょっと一杯お酒を飲んだり、おしゃべりをしたりする居酒屋になっていました。セラーズ夫人の気さくな人柄が、みんなを引き付けていたのです。

そしてまた、「赤いライオン」は、村の最新情報が得られる場所ともなっていました。特に、ロンドンからの泊り客が話してくれるニュースは、村の人にとっては、非常に貴重なものでした。

今日も、ロンドンの行商人カーチスさんのうわさは、早速村中に広まっているのでした。

「そのカーチスさんによれば、ロンドンでは、この夏、ペストが大流行して、ロンドン中あちらもこちらも、死者ばかりで、たいへんだったそうだよ」

「ペストってなあに？おばあさん」

ネリーは、ペストなんていう病気の名前を、今まで聞いたことがありませんでした。

「恐ろしい伝染病なのだよ。何か目に見えない病気のもとがあって、それがどんどん人から人に広がっていくって話だよ。おそらく、のみが病気にかかった人の血を吸って、他の人にうつすんじゃないかねえ。

とても高い熱が出て、お腹の下がはれ、体中に黒い紫色の斑点《はんてん》ができて死ぬんだそうだ。一人でもそういう病気になると、ほんのわずかの間に伝染していって、何十人、何百人と次々に死んでいくという話だよ」

「まあ、こわい」

「カーチスさんの話では、今度のペストで、ロンドンの人たちは五人に一人は、確実に死んだそうだよ。ロンドンから逃げ出した人が大勢いたって」

「でも、この村は安心よ、おばあさん。ロンドンとはずい分離れているもの」

「そうだといいけれど」

そう言って、おばあさんはまた糸を紡ぎ始めました。でも、その横顔は、何となく不安そうでした。

二　不安

それから三日後のことでした。ネリーは、いつものようにエミリーやケイトといっしょに、河原の牧草地にボニーとお母さん羊を連れて出かけました。

家に帰る途中、三人は教会から響いてくるとむらいの鐘の音を聞きました。教会は、村の入口からすぐのところにありました。

「あらっ。誰か亡くなったのかしら」

ケイトが叫びました。

トンプソン牧師、クレア先生、それにセラーズ夫人と数人の人たちが、教会の墓地でお祈りをしていました。

「変だわね。村の人が亡くなったのなら、もっとたくさんの人たちが、お葬式に参列するはずだわ」と、エミリーが言いました。

三人は、境内で待っていました。しばらくすると、クレア先生がやって来ました。いつもにこにこしているのに、今日はとても青白い顔をして、三人にも気付かない様子です。

「クレア先生」

ネリーが、呼び止めました。

「ああ、ネリー。エミリーもケイトもいっしょね」

クレア先生は、一瞬びっくりしたようでしたが、すぐにそれを隠すかのように、笑顔を作りました。

「誰が亡くなられたのですか？」

ネリーがたずねました。

「とても気の毒なのよ。セラーズ夫人の宿に泊まっていらしたカーチスさんという服地行商人の方なのよ。こんな旅先で、家族とも会えないまま、一人ぼっちで亡くなられるなんて」

クレア先生は、顔をくもらせて答えました。

この時、ネリーはすぐに、この前おばあさんから聞いたペストという病気のことを思い出しました。

「クレア先生、カーチスさんはペストに・・・・」

ネリーがそこまで口にすると、クレア先生はあわてて、

「カーチスさんの病気は、何だかよく分からないのよ。だから、心配しなくてもいいの」

と、言いました。

「さあ、みんなでカーチスさんのために、お祈りしてあげましょう」

クレア先生は、カーチスさんの死因について触れたくない様子でした。

家に帰って、ネリーは早速、おばあさんにカーチスさんの埋葬に出会ったことを話しました。でも、おばあさんはすでに知っていて、とても心配そうに言いました。

「ネリーや。『赤いライオン』には近付かない方がいいよ。みんなのうわさでは、そのカーチスさんという旅の人は、どうもペストだったのではないかということだよ。

セラーズ夫人のところに泊まったその夜から、急に高い熱が出て、体中に赤いつぶつぶができて、亡くなられたんだって。わたしも、それはきっと、ペストに違いないと思うよ。ペストの大流行していたロンドンから来たのだからね。カーチスさんの持ち物や、持っていた服地は、のみがついていては大変だからって、すぐに燃やされてしまったそうだけど、大丈夫かね。

お隣りのポター夫人がさっき来られて言ってたよ。『赤いライオン』は、しーんと静まりかえって、まるで誰も住んでないかのようだって。セラーズ夫人や、息子のロバートやピーターが無事だといいがね」

ネリーも不安になり、そして恐ろしくなってきました。

「おばあさん。ほんとうにカーチスさんはペストだったのかしら。もしそうな

ら、セラーズ夫人もロバートたちもやがて高い熱が出て死んでしまうの？　そして、おばあさんがこの間教えてくれたように、わたしたちにも伝染して、そのうちどんどん死んでいくの？　どうしよう」

おばあさんは、ネリーがあまり心配するので、少しほほえみながら言いました。

「そんなに心配しなくてもいいよ。みながみな、ペストにかかるとは限らないだろうからね。とにかく、セラーズさんの宿屋には行かないようにおし。それだけだよ。

ところで、ボニーにはたっぷり草を食べさせたかい？　ほんとうに、ボニーはおまえが大好きだねえ。この頃は、おまえの行くところどこにでもついて行きたがるんだものね。ボニーに見つからないように、こっそり出かけるのに、いつもひと苦労だね」

ネリーは、おばあさんが自分の不安をそらそうとしてくれているのが分かったので、カーチスさんのことはそれ以上口にしませんでした。

その夜、ネリーはとても不思議な夢を見ました。

ネリーとボニーが、広い野原で遊んでいました。あの河原の牧草地のように、黄色いのぼろぎくが一面に咲いていています。そしてその野原はなだらかな丘に続いていて、丘はヒースの花で紅色に染まっています。ネリーとボニー以外には、誰もいません。ネリーは、草の間からのぞく薄青色のヘアベルの花を見つけては、ボニーの顔や背中にさしてやりました。

その時、突然ボニーがメエー、メエーと大きく鳴きました。丘をカーチスさんが荷馬車で走っています。なぜだか分かりませんが、それがカーチスさんであることは、遠方から見ていたにもかかわらず、ネリーにははっきりしていました。

カーチスさんの荷馬車は、滑るようになめ

ヘアベル

らかに進んでいきます。そして、一つの丘を越えました。そのとたん、今まで紅色に輝いていた丘が、とつぜん暗褐色の荒涼とした丘に変わってしまいました。

カーチスさんの荷馬車は、さらに次の丘を走り続けます。そして越え終わると、またたちまちその丘も暗褐色に変わってしまいました。こうして、うねうねと続くヒースの丘は、見る間に次々に光を失い、暗いさくばくとした丘になってしまいました。明るいのは、ネリーとボニーのいる野原だけでした。ネリーは、恐怖のあまり、ぼう然と立ちつくしていました。

ところが、カーチスさんの荷馬車が最後のヒースの丘の向うに消えて行ったその時です。白い馬に乗ったトンプソン牧師が、別の丘から現れました。まるでペガサスのように軽やかにかけていきます。そして、トンプソン牧師がひとつの丘をこえるやたちまち、今まで暗褐色に沈んでいた丘が、再び紅色の明るい丘にもどりました。こうして、トンプソン牧師を乗せた白い馬は次々に丘をこえ、荒れた丘にヒースの花を取りもどしていきました。

ネリーの心は喜びであふれ、ボニーといっしょに野原をかけ回りました。

ここで、ネリーは目が覚めました。それから何日間か、ずっと夢のことはネリーの心を離れませんでしたが、おばあさんにはだまっていました。なぜだか、言わない方がよいと思ったからです。

三　最初の犠牲者

カーチスさんが亡くなって、十日ばかり経ちました。九月半ばの高原の村には、秋の気配が急にしのびよってきました。黒いちごの実も熟し、あんなに生き生きと緑色に輝いていたとちやぶなの木の葉も色づき始めました。そして、朝、地面に光る霜が、冬がそう遠くないことを示していました。

この頃、カーチスさんはやはりペストだったということが、とうとうはっきりとなりました。というのは、セラーズ夫人の息子のロバートが村で最初の犠牲者になったからです。ネリーのおばあさんが心配していたように、カーチスさんが荷馬車に積んでいた服地の中にペストの病気のもとを吸ったのみがいたに違いありません。

おばあさんは、死者にささげるまんねんろうの小枝を折って、葬式に参列しました。まんねんろうの香りは、ペストのような伝染病除けにも効果があることを、おばあさんは知っていました。

ネリーは、おばあさんからセラーズ夫人の嘆き悲しむ様子を聞きました。

「ほんとうに、あの明るいおかみさんが、まるで別人のようだったよ。ご主人を早くに亡くしてから、一人で懸命にそだててきた息子なのに、こんなにあっけなく先立たれてしまうなんて。ロバートもようやくこの頃では、宿の手伝いができるようになり、これから少しは楽になろうかという時にねえ。

カーチスさんを泊めたばかりに、こんなことになって。まったく気の毒で、見ていられなかったよ。もう一人の息子のピーターに伝染しないように、神様にお祈りしてあげよう。

まんねんろう

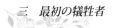

村の人たちはみな、うつされることを恐れて、お葬式にはほんのわずかしか参列してなかったよ。無理もないけれど・・・・」

ネリーも、セラーズ夫人をとてもかわいそうに思いました。ネリーたちが「赤いライオン」の前を通るとき、にこにこと笑いながら必ず冗談を言っていたロバートが、もうこの世にいないなんて、信じられませんでした。そして、「やはりカーチスさんは、この村にペストを持ち込んだのだ。夢で見たように、これから村は明るさを失っていくだろう」と、暗い気持ちになりました。

「おばあさん。わたしたちは大丈夫かしら。村中に病気が広まると、大変なことになるわね」

と、ネリーが言うと、おばあさんは答えました。

「あまり心配すると、かえって病気にとりつかれるよ。『赤いライオン』は閉鎖してしまったし、大丈夫だよ。きっと」

おばあさんは、ネリーを安心させるというより、自分自身に言い聞かせているようでした。

でも、その翌日、ネリーはケイトから、ほかにも村人の中にペストの兆候のある者が数名いるらしいという話を聞きました。ケイトは、両親が不安そうに話しているのを、耳にしたのです。

「ロバートもそうだったらしいけれど、ペストにかかると、とても高い熱が出るんですって」

ケイトが両親の話から得た知識を教えてくれました。

「そして、胸がむかむかして、吐いたり下したり、それは苦しいのだってよ。お腹の下の方やわきの下がはれたりもするそうよ。体中に赤いつぶつぶができるのだけど、それがだんだん黒っぽい紫色になって、最後は、訳の分からないことを言って、死んでしまうのだって」

ネリーは、おばあさんから聞いていましたが、ケイトの話を聞くと、ますます恐くなってきました。

「きっと、ものすごく苦しいに違いないわ。おばあさんは心配しなくてもいいと言うけど、とても恐いわね。

もし、死んだらどうしよう。ケイトともエミリーとも別れなければならないわ。天国でまた会えるのかしら。それより天国へ行けるかどうか、分からないわ。わたし、トンプソン牧師様がいつもお説教なさるようなよい子かどうか、自信がないもの。この間だって、おばあさんから羊毛をすくのを手伝ってと頼まれた時、急いでぬけ出して遊びにでかけたもの」

「わたしもよ。昨日の夜、お休み前のお祈りをこっそり怠けてしまったから、もう地獄に落ちるかも知れないわ。どうしよう」

ケイトもネリーも、病気の苦しみや死のことがとても気にかかってきました。それで、エミリーをさそって三人でトンプソン牧師とクレア先生のところに、相談に行くことにしました。

エミリーの家は、ネリーの家から教会へ行く途中にある、村でも一、二の大きさの家で、羊を何十頭も飼っていて、麦畑もたくさん持っているお金持ちでした。

三人が教会へ行くと、クレア先生は留守でしたが、トンプソン牧師はいました。

「三人とも元気がないけれど、どうしたのかね」

トンプソン牧師が、にこにことたずねました。

「牧師様、わたしたちは天国へ行くことができるでしょうか。わたし、牧師様のおっしゃることや、おばあさんの言いつけを時々守らないことがあるんです」

ネリーがまず答えました。

「わたしも、お母さんのお手伝いをよく怠けます」

ケイトもつけ加えました。すると、エミリーが言いました。

「わたし、天国に行けても、お母さんやお父さんと会えなくなるのはいやです。ネリーやケイトたちともいっしょに遊べなくなるなんて」

「どうして急に、そんなことが気になってきたのかね。いつも陽気な君たちが、死や天国のことを考えるなんて、何かあったのかい？」

トンプソン牧師は、不思議そうな顔をしました。

「わたしたち、死ぬかも知れないと思ったのです。ロバートがペストで亡くなって、まだほかにも病気にかかっている人がいるって、ケイトから聞きました」

ネリーが答えました。

「うちのお父さんもお母さんも、とても心配しています。このまま村にいると、そのうちペストがうつって死んでしまうのではないかと、話していました」

エミリーが言いました。

「村の人たちはみな、心配しているようだね。実は、わたしもカーチスさんが亡くなられた時から、気になっていたのだ。今度、ロバートが亡くなって、ペストがこの村に入ったということは、ほぼ疑いないとみてよかろう。もう隠しても、仕方のないことだ。

ほんとうに、困ったことになったと、わたしも思っているのだよ」

「ペストで死ぬのは、とても苦しいのだって聞きました。わたし、死にたくありません」

ネリーは、ケイトやエミリーの気持ちを代表して言いました。

「そうだね。誰も死ぬのは恐くて、死のことを考えると不安になる。

これまでいっしょに過ごしてきた家族や友だちと二度と会えなくなるなんて、想像できないほどの悲しさだ。死ぬのって苦しいだろう。あの世ってどんなところだろう。自分はほんとうに天国に行けるだろうか。あれこれと、みんな考えるよね。

わたしだって、ペストがうつって死んでしまうのだろうかと、時々不安になることがあるよ」

ネリーは、トンプソン牧師でも自分たちと同じように考えていることが分かり、少し安心しました。

トンプソン牧師は、さらに続けて言いました。

「若いのにペストの犠牲者になってしまったロバートは、ほんとうにかわいそうだ。女手ひとつで育てたセラーズ夫人の悲しみを思うと、何と言っていいか分からないよ。

でも、ロバートはいつも笑顔で村の人たちを明るくしてくれた。彼は、あのみんなを幸せな気持ちにしてくれる笑顔で、神様から与えられた命に十分報いたと思うよ。今頃彼は、きっとまたにこにこしながら天国から愛するセラーズ夫人や村の人々を見守ってくれているよ。

人にはそれぞれ神様から与えられた命と使命があるのではないだろうか。どんなに短い命、どんなにつつましい使命でも。ネリーにケイト、エミリー。君たちがこれからどれだけ生きるにせよ、死ぬまで精いっぱい生きることが、神様から与えられた使命だと思うよ。

ネリーはおばあさんの、ケイトとエミリーはお父さん、お母さんの言いつけを守り、友だちのことを思いやり仲良くしなさい。あれこれと心配しないで、毎日思いっきり生きること。それが、神様が一番喜ばれることなんだよ」

　トンプソン牧師は、そう言って、三人の頭をやさしくなでてくれました。ネリーは、だいぶ気持ちが軽くなりました。エミリーとケイトの顔にも、ほほえみがもどりました。

「ただ、病気は体が弱っているとかかりやすいから、三人ともたっぷり眠って、食事もきちんとするのだよ。

　ペストにかかっても、全員が死ぬとは限らないのだから、心配し過ぎしないようにね。君たちは、今までどおり明るく過ごすことが大切なのだよ」

　トンプソン牧師の話を聞いて、三人はまた以前の元気な女の子にもどりました。

四　別れ

やがて、刈り入れで村中が忙しかった九月も終わり、十月になりました。もうこの頃には、村の周りの丘はヒースの花も散ってしまい、寂しい暗褐色のうねりを見せているばかりでした。

でも、村のはずれの森や、ネリーたちがよく行く河原を囲む崖の木々は、すっかり黄金色に変わって、丘の暗さをはね返すかのようでした。オーク、とねりこ、とちのき、どの木も、あの夏の濃い緑色から一転して金色の輝きを見せていました。特に、夕日に映えるぶなの美しさは、口では表せないほどでした。

ネリーは、五月の緑の輝きも好きでしたが、十月の

オークの葉

金色の光も大好きでした。木々の間に立つと、体中がその金色の光の中にとけてしまうのではないかという気さえするのでした。

しかし、十月も終わり近くになると、これらの木の葉も風に散り始めました。そして、地面に、まるで無造作に捨てられた紙くずのように積もり、その上に冷たく雨が落ち、いよいよ冬が来たことをいやおうなく知らされました。

この頃でした。とうとうエミリー一家が村を離れることになりました。「赤いライオン」のロバートが最初の犠牲者になって後、十月の終わり頃までにさらに七人の犠牲者が出ました。かじ屋のアダムズさんの家から二人、洋服屋のブラウンさんの家から二人、そのほかにも三人の若い人たちが、次々に教会の墓地に葬られました。

村の人々の不安と恐怖は、しだいに大きくなっていきました。「次は、自分の番ではなかろうか。自分の家族の番ではなかろうか」と、毎日毎晩、心が休まりませんでした。そして、何人かの人たちは、バームの村を出てよそへ移ろうと考えました。

しかし、それはたいていの村人にとっては、実現の難しいことでした。というのは、何十年も何百年も住み慣れた村を去ることは、とても辛いことだったからです。また、それ以上に、よその土地で生計を立てていくには、準備のためにたくさんのお金が必要だったからです。それほど余裕のある生活をしている人は、あまりいませんでした。それで、この頃には、まだ大多数の村の人々は村を逃げ出すことを、本気になって考えてはいませんでした。

このような時、いち早く村を出ることに決めたのが、村で一、二のお金持ちのエミリーの一家でした。エミリーのお父さんは、何十頭もの羊を他の人にゆずり、畑や牧草地も処分してしまいました。

ネリーは、これを知った時、とても信じられませんでした。仲良しのエミリーがどこか遠くへ引っ越してしまうなんて、そんな悲しいことがあるはずがないと思いました。エミリー一家の引越しの話を聞くとすぐに、ネリーはケイトといっしょにエミリーを訪ねました。

門の入口で、ちょうど出かけようとしていたエミリーのお母さんと出会いました。

「今日は。エミリーが引っ越すって、ほんとうですか？」

ネリーとケイトは、せき込んでいっしょにたずねました。

「今日は。ネリーにケイト。長い間、エミリーと仲良くしてくれて、ありがとう。あさって、村を出ることにしたの。お世話になったわね。ネリー、おばあさんはお元気？ケイトのお家のみなさんはどう？

この村は、ほんとうに恐いわ。いつペストにかかって死んでしまうか、分からないのだから。ロンドンでは、何万人という人が死んだって聞いたわ。ペストという病気の恐ろしさを、この村の人たちはまだよく知らないのよ。今に、どんどん広がっていくに違いないわ。

あなたたちも、できるだけ早くどこか知り合いのところへ引っ越した方がいいと思うわよ。早いに越したことはないわ。

じゃ、ちょっと用足しに出かけてきますから、これでね」

エミリーのお母さんは、そそくさと出かけて行きました。ネリーは、病気ばかりでなく、バームの村までもとても忌《い》むべきもののように言われて、悲しくなりました。確かにエミリーのお母さんの言うとおり、これから先、ペストがもっと広がっていくかも知れません。そして、どこかよその村へ移った方が賢いかも知れません。でも、住み慣れ、親しんだ村を捨てることは、そう簡単にはできません。ネリーは、残念な思いでいっぱいになりました。

エミリーが、しょんぼりとした様子で出てきました。そして、小さい声でぽつりと言いました。

「ごめんなさいね。ネリー、ケイト。わたし引っ越してしまうの」

ネリーもケイトも、しばらく何も言えず黙ったままでした。

ようやく、ネリーが口を開きました。

「どこへ行くの？」

「ヨークシャーの北の方だって、お父さんが言ってたわ。わたし、そんなところに行きたくない。

　あなたたちと別れなければならないなんて。夕べもずっと泣いていたの。もうあの河原にも教会にも行けないし、トンプソン牧師様やクレア先生にも会えないと思うと」

　エミリーはそこまで言うと、わっと泣き出してしまいました。ネリーもケイトも、エミリーの辛さを思うと、自分たちの気持ちを思いっ切り表すことができませんでした。そして、二人はやさしくエミリーをなぐさめました。

「わたしたち、あなたの一家が引っ越すと聞いて、ほんとうにびっくりしたわ。今、あなたのお母さんと門のところでお会いしたのよ。ペストが広がりそうだっておっしゃってたわ。

　やっぱり、お母さんの言われるとおりかも知れないわ。仕方がないと思うわ。

だから、そんなに泣かないで」

ネリーは、自分も泣きたいのを我慢して、やっとそれだけ言いました。ケイトも、しきりにエミリーをなぐさめました。

「そのうち、ペストがおさまったら、また村へ帰って来られるわ。きっと、もどられるわよ。そしたら、また三人で遊びましょ。それまで、ネリーと二人で待ってるから」

エミリーは泣きながらも、懸命に笑顔をつくって答えました。

「ありがとう。会いに来てくれて。向うに行っても、あなたたちのことは絶対に忘れないわ。だから、あなたたちもわたしのこと、忘れないでね。

お父さんやお母さんに、またこの村に帰られるようにお願いするわ」

三人は、必ずまたこのバームの村で会おうと、固く誓い合いました。

二日後、エミリーの一家は村を去りました。ネリーとケイトは、村の外れまで送って行きました。二人が手を振っているうちに、エミリーの乗った馬車は、みるみる小さくなっていきました。そして、暗く寂しい丘のかなたに消え去ってしまいました。それでも、二人は、いつまでも馬車の消えた方をじっと見つめて立っていました。

エミリー一家の引越しは、村の人々に大きな動揺を与えました。今まで、人々はただ何となく、村を去った方がよいのではないかという、漠然とした不安を抱いていました。しかし、エミリー一家がこうして実際に行動を起すと、その不安は強くなり、非常にさし迫った気持ちにさせられました。やはり、バームを離れ、よそで暮らす方法を本気で考えなければ、生命が危ないのだという危機感が増してきました。

そして、エミリーたちがバームを去って半月ほど後の十一月半ば、寒い北風がしだいに勢いを増し、木の葉も落ちてしまった頃、ハリウェルさん一家が引っ越して行きました。ハリウェルさんの家も、エミリーの家と同様、羊をたくさん飼い、畑も広いお金持ちでした。お金持ちでなければ、よその土地で暮らすには準備の費用がかかるので、村を離れることは不可能でした。

ネリーは、おばあさんにたずねました。

「おばあさん、ハリウェルさんたちも引っ越して行ったのだって。他にも、村を逃げ出したいと考えている人が、たくさんいるって聞いたわ。

おばあさんも、もしお金持ちだったら、バームを出たい？」

「いいや。わたしはこの村で生まれ、この村で生きてきたのだから、ここが一番だよ。よその土地へ移るなんて、わたしには、お金があったって考えられないことだよ。

亡くなったおじいさんだって、この村を離れたことがなかったもの。もう先は長くないのだし、死ぬのだったら、ここで死にたいと思うよ。

ただ、ネリーはまだ小さいから、このままバームにいると危ないと、わたしは心配しているのだよ。ほんとうに、どうしたらいいのだろう。誰かお金持ちに頼んで、よそへ連れて行ってもらうことも考えているのだがね」

ネリーはびっくりしました。

「まあ。わたしはおばあさんと別れるなんていやよ。おばあさんとずっといっしょに暮らすのだから。わたしも、おばあさんと同じように、バームの村が一番好きなのよ。

エミリーだって、またいつか帰ってくるって約束したのだから。ここで待ってなければならないわ。

わたし、絶対にどこにも行かないわよ」

おばあさんは、ネリーのあまりの勢いに、あわてて謝りました。

「ごめん、ごめん。わたしだっておまえと別れることは、つらいよ。おまえをよそへやるなんて、具体的に考えてるわけじゃないんだよ。

ただ、このままいて、まだ小さいのにペストにかかって死んでしまったら、かわいそうだと思うと、どうしていいか分からないのだよ」

「おばあさん、そんなに心配しなくてもいいって、牧師様がおっしゃってたわ。

ペストにかかっても、みながみな死ぬわけじゃないのだって。だから、もしペストがおばあさんを襲《おそ》ったら、わたしが追い払ってあげるから」

ネリーは、おばあさんを元気づけようと、わざと陽気に言いました。

ハリウェルさん一家がエミリー一家に続いて村を去って後、お金持ちでない人々もたいてい、村を離れることを真剣に考え始めていました。ネリーのおばあさんのように、子どもだけでもよその土地へ移すことを計画している人もおりました。

ところが、ハリウェルさんたちが村を去った頃から、ペストの兆候を示す者がぴたりと出なくなりました。赤いつぶつぶが出たり熱が出たりする者も、吐いたり下痢をしたりする者も、いなくなりました。十一月も半ば過ぎて、高原にあるバームの村はすっかり寒さの中に閉ざされたため、のみが活動するのを止めてしまったのです。のみは暖かい時に活発に動き回るのです。

その結果、よその土地へ移りたいという人々の願いも、しだいに弱くなっていきました。みな、できれば自分たちのこの美しいバームの村で暮らしたいのです。人々は、ほっと一息つくことができました。

そして、心の底にいく分かの不安を残しながらも、いつもの冬のように、暖炉の周りで糸を紡いだり、籠を編んだりして、ひっそりと静かに長い冬を過ごしました。

五　ネリーの悲しみ

冬の間、小さなバームの村は一面雪で覆われた丘に囲まれて、冷たい風と厳しい寒さにじっと耐えていました。その様子は、まるで白い大海原に漂い、波にもてあそばれる一そうの船のようでした。

やがて、白い雪の間から、首をうなだれたまつゆきそうが、そしてかれんなさくらそうがのぞき、春の間近いことを知らせてくれました。そして、三月の風に、庭や野のあちこちでらっぱ水仙が揺れ、いよいよ春がやってきました。長い間、家に閉じこもってばかりだった村の人々は、喜びで胸をはずませました。

ネリーも、ただ無性にうれしくてたまりませんでした。丘には、まだ雪がところどころ残っていましたが、野を吹く風はらっぱ水仙の香りをやさしく運んでくれました。

らっぱ水仙がやってきた
黄色いスカートに緑のガウンで
やってきた
らっぱ水仙がやってきた

ネリーは足をはずませ、歌いながら、羊のボニーを連れて、教会に行きました。教会に続いた野には、毎年今頃になると、らっぱ水仙が一面に開くからです。行ってみると、やはり水仙は満開でした。裸の木々の寂しい光景の中で、その水仙の野だけが金色に輝いていました。

「きっと、ここから春は始まるに違いないわ」と、ネリーは思いました。

らっぱ水仙

「この金色の光が、ぶなやオークの木につぼみをつけ、ブルーベルやデイジーの花を咲かせるのじゃないかしら」

ネリーが、ボニーと遊んでいると、トンプソン牧師が出てきました。

「やあ、ネリー。とても楽しそうだね。何かいいことがあったのかい？」

「今日は、牧師様。らっぱ水仙を見に来たのです。やっと春が来て、うれしくてたまらないのです」

ネリーは、にこにこして答えました。

「ほんとうだね。わたしもうれしくて、家にじっとしておられなくてね。冬の間は、閉じこもっていたおかげで、たまっていた仕事がだいぶさばけたけれど、さくらそうが開いたり、こうして水仙が咲いたりすると、はかどらなくなってしまったよ」

「わたしも、冬の間は、おばあさんのお手伝いをしてたくさんの羊毛をすいてあげました。でも、春になると、外に出たくて仕方ありません」

「そうだね。子どもは自然の中で遊ぶのが、一番似合っているからね。特に、ネリーのような元気な子は、家にじっとしてはおられないはずだ」

トンプソン牧師は、目を細めてにこにことネリーをながめました。

「クレアと時々話すのだよ。バームに来てほんとうによかったと。わたしたちは都会育ちで、バームで感じるほど花や木や小鳥の命を身近に感じたことがなかった。ここに来て初めて、神様が人間や自然に授けてくださった命がどんなに素晴らしいものか実感することができたよ。

ほら、らっぱ水仙をごらん。体中で喜び揺れている。あそこでさえずっている黒つぐみの声は、まるで空の彼方から聞こえているようだ。村の人々はいつもにこやかで、わたしもクレアも以前よりずい分やさしい気持ちを持つようになった気がする。バームでは、人も自然も神様がくださった命がそのまま輝いているようだ」

ネリーには、トンプソン牧師の話は少し難しいような気がしましたが、彼がバームを心から気に入っていることはよく分かりました。

この時、ネリーが突然、この数ヶ月の間、人々がなるべくひかえていた言葉を口にしました。

「でも、牧師様。せっかく神様からさずかった大事な命も、ペストにかかったらあっという間になくなってしまうのですね」

村の人々の心から、まだすっかりペストに対する恐怖の気持ちが消え去っていたわけではありませんでした。でも、長い冬の間、ペストはすっかりなりをひそめていたので、人々はこのまま再び平穏な村の生活にもどれることを願いながら、ペストのことはできるだけ口にしないことにしていたのです。

ネリーの発した無邪気な質問に、トンプソン牧師は少しあわてつつも、やさしく答えました。

「そうだね。まったくペストは怖いね。せっかく神様がくださった命を、ペストほどあっけなく奪ってしまうものは、あまりないからね。

だが、人と同じように神様から命をさずかっている花のことを考えてごらん。咲いてすぐに散ってしまう花、何日も咲き続ける花、色々あるよね。人の命にも長い短いがあるのだよ。ペストのため若くて亡くなる人、病気にかからず長生きできる人というようにね。大切なことは、人間も花にならって、命のある限り精いっぱい生きることだと思うよ。そうすれば、花と同じように、生き生きと輝くことができるはずだ。

確かに、ペストにかかって、あっという間に命を失うことは、とても恐いよね。でも、とにかく今は元気なのだから、その元気な命を大切にして、一日一日思い切り生きよう。それが、今は一番大事なことだ。

ただ、村の人々も心の底で心配しているように、暖かくなると、ペストを運ぶのみもまた活発に動き回るかもしれない。だから、とにかく油断はならないよ。充分に食事をし、たっぷり睡眠をとって、いつも体を清潔にしておくことが、大事だ。病気を寄せ付けない体を作っておかなくてはいけないね」

ネリーは、いつもトンプソン牧師の話を聞くと、安心してくるのでしたが、今日もそうでした。春を迎えた喜びと、深い安心感とで、落ち着いた気持ちになりました。

やがて、丘のあちこちに残っていた雪もしだいに少なくなり、四月になりました。木々もようやく、緑色の薄い衣をまとい始めました。そして、木陰に深い青色のブルーベルがうなだれて群がり咲き、牧草地にはくりんざくらがつり鐘の束をそよ風にゆらしていました。

ところが、この頃、村の人たちが恐れていたとおり、そしてトンプソン牧師も案じていたように、再びのみが活動し始めました。長い冬の間、じっと寒さに耐えていたのみが、暖かくなるとともに、以前の元気を取りもどしたのです。

村のあちこちで、熱が出たり、吐き気がしたり、赤いつぶつぶができたりする人が出てきました。そして、そのうち四人もが、とうとう亡くなってしまいました。

教会のとむらいの鐘の音が、数日おきに村に響き渡りました。その鐘の音が聞こえるたびに、村の人々の恐怖や不安はしだいにつのり、激しくなっていきました。人々にとっては、春の日に輝く野の明るさも、かえって不吉さを増すもののように思えました。

でも、子どもたちにとっては、春はやはり、心はずむ季節でした。ネリーはボニーを連れて、ケイトや他の友だちと教会の横の野原に出かけました。四月も終わりになって、あんなに輝いていたらっぱ水仙は残り少なくなりました。その代わり、かれんなデイジーが、緑の草の上に白い泡のように無数に浮いていました。

ネリーたちは、デイジーを鎖につないで、首飾りや冠を作りました。そして、それぞれ、デイジーの飾りを頭や首につけて、丸く輪になりぐるぐると回りながら、歌いました。

輪になれ　輪になれ　ばらの花
ポケットいっぱい　花の束
ハクショーンのショーンション
みーんなみんな　たーおれた

この歌は、最近、誰からともなく口ずさみ始めたものでした。これは、その意味のよく分かる大人にとっては、とても悲しい歌でした。ばらの花というのは、ペストにかかった時、体に出る赤いつぶつぶのことで、花の束というのは、ペストを予防する薬草のことでした。そして、死の直前には、くしゃみの発作におそわれ、倒れることも歌われているのです。

でも、深く意味を考えない子どもたちは、ただ楽しく歌って遊びました。

輪になれ　輪になれ　ばらの花
ポケットいっぱい　花の束
ひとつはあなたに　ひとつはわたし
もうひとつ　かわいいボニーに

こう歌うと、ネリーはボニーの首にデイジーの花輪をかけてやりました。そして、すぐに

ハクショーンのショーンション
みーんなみんな　たーおれた

と、小さくかがんで丸い輪を閉じました。それから、次々に、歌を続けました。

輪になれ　輪になれ　ばらの花
ポケットいっぱい　花の束
シーッ、シーッ
みーんなみんな　たーおれた

牝牛が　まきばで
ぐうぐうぐう
シーッ、シーッ
みーんなみんな　とびあーがった

ネリーが野原から帰ると、おばあさんの様子がいつもと少し変わっていました。青い顔をして、ひどく気分が悪そうです。

「おばあさん、どうしたの？」

「ああ、ネリーかい？　お帰り。ちょっと気分がすぐれなくてね」

ネリーがおばあさんに近付こうとすると、おばあさんはあわてて言いました。

「ネリー。わたしに近寄らないで。わたしもとうとう神様に召される時がやって来たようだよ。こんなに胸が苦しくて、むかむかするなんて、きっとペストに違いないと思うよ。だから、うつるといけないから、わたしから離れておおき。

ネリー、おまえはどうもないかい？」

「わたしは、このとおり元気よ。でも、おばあさん、ペストかどうかまだ分からないわ。この頃、根をつめて仕事をなさったから、疲れているだけだわ」

「いや、おまえを心配させようと思って、言ってるのじゃないんだよ。わたしには分かるのだよ。いよいよ最後の時が近付いたことが。

だから、離れたまま、そこでよくお聞き。まだ話ができる間に、おまえに話しておきたいことがあるのだよ。

おまえ一人を置いて、あの世に行くのは、ほんとうに心残りでたまらない。

神様のもとに行くのは、むしろうれしいくらいなのだけれど。もう七十年近くも生きてきたのだからね。ただ、わたしが死んだ後、おまえがどうなるのかと思うと、ずっとそれが心配でね。今、村はペストで、誰もとてもおまえのことまで、かまってくれる心のゆとりなんてないからね。

それで、万が一のことを考えて、少し前にトンプソン牧師様にお願いしてあるのだよ。わたしがいなくなっても、おまえが困らないようにしてくださるようにね。だから、一人になっても、牧師様がちゃんとよいようにとりはからってくださるから、心配しないでおいで。

おまえは、ほんとうによい子だから、きっと神様が守ってくださるよ」

これだけ一気に言うと、おばあさんは急に元気がなくなってしまいました。

「おばあさん、おばあさん。しっかりして」

ネリーは、近付かないようにというおばあさんの言いつけも忘れて、夢中でその胸にとりすがりました。

それから数日後、ネリーのやさしいおばあさんは、あの世へ旅立っていきました。春になってから六人目の犠牲者でした。

六　重なる不幸

おばあさんが発病した日から、ネリーはトンプソン牧師夫妻によって、教会の牧師館に引き取られました。おばあさんが言ったとおり、牧師夫妻は身寄りのないネリーが困らないようにしてくれたのでした。

ネリーは、尊敬しているトンプソン牧師や大好きなクレア先生といっしょに暮らせるようになって、うれしく思いました。でも、やはりおばあさんを亡くした悲しさと寂しさは、なかなか消えませんでした。特に、一人でベッドに入った後は、夜遅くまでカラカラと糸車を回していたおばあさんの姿が浮かんでは消え、眠られませんでした。そして、貧しかったけれど、ぐちも言わず、いつもにこにこと働いていたおばあさんのことが、あれこれと思い出されてくるのでした。

　ある夜、ネリーはあまりにも寝付かれないので、そっとベッドを抜け出して、小屋にいる羊のボニーのところに行きました。ネリーにとって大切な家族になっていたボニーは、いっしょに引き取られていたのです。

「ボニー、おまえ、起きてるかい？」

　ボニーは少し鳴いて、身をすり寄せてきました。

「ボニー。おまえも寂しいのだね。おばあさんは、今頃天国におられるのかしら。そして、やっぱり糸を紡いでいるのかしら」

　ネリーは、ボニーの首に手を回して抱きつきました。とても暖かで、おばあさんの胸のようにふんわりした感じでした。

「わたしもここで寝ていいかしら。そしたら、夢の中でいっしょにおばあさんに会えるかもしれないわ」

　ネリーは、いつしかボニーと眠ってしまいました。

　翌朝、目を覚ますと、クレア先生がほほえみながら、のぞき込んでいました。

「あら、ボニーは?ボニーはどこ?」

見回すと、小屋ではなくていつものベッドに横になっていました。

「ネリー、目が覚めた?夕べはボニーとよく眠っていたわね。あんまりぐっすり眠っていたものだから、起こさないでそっとここまでかかえて来たのよ」

「ごめんなさい。心配をかけてしまって。わたし、おばあさんに会いたかったの」

ネリーが涙ぐみながらそう言うと、クレア先生はネリーの髪をやさしくなでました。

「そうよね。ネリーのたった一人のおばあさんだったものね。

でも、そんなに寂しがらないで。おばあさんは、いつも天国からあなたを見守っていてくださるのよ。だから、明るいネリーにもどって、おばあさんが安心なさるようにしましょうね」

ネリーは、クレア先生にやさしく励まされて、元気が出てきました。いつまでも悲しんでいては、天国のおばあさんまで悲しむかもしれないと思いました。

それに、親切なトンプソン牧師夫妻にも申し訳ないと思いました。

「はい、分かりました。元気を出します」

そう言うと、ネリーはベッドから勢いよくはね起きました。

ネリーは、しだいに以前のように快活な女の子にもどっていきました。クレア先生は、まるでお母さんのように、ネリーの世話をし、本を読んでくれたり、編み物を教えてくれたりしました。ネリーは、若いお母さんにいつもついて回りました。そして、パン作りを手伝い、床をみがき、とてもクレア先生の役に立ちました。

ある晩、夕食後、ネリーはトンプソン牧師とクレア先生がとても深刻な様子で、この頃ぽつりぽつりと出始めている村からの移住者のことについて、相談しているのを聞きました。春になって、再び病気は勢いを増し、死者は増える一方でした。それで、人々は伝染を恐れ、エミリー一家やハリウェルさん一家のようによその土地へ移り始めたのです。

エミリーたちやハリウェルさん一家が引っ越した去年の秋の頃は、まだ人々は村を捨てることに後ろめたさと遠慮を感じていましたが、今ではもうそういう気持ちはほとんど残っていませんでした。とにかく、命だけは助かりたいという思いが、強かったのです。

トンプソン牧師が非常に打撃を受けたのは、ブルックスさん一家が村を出て行くことに決まったことでした。ブルックスさんは、とても信仰深い人で、村の人々から何かと頼りにされている人でした。トンプソン牧師も、常日頃からとても信頼していました。このブルックスさん一家が村を去るといううわさを聞いた時、トンプソン牧師はとうてい信じることができませんでした。それで、今日ブルックスさんに直接確かめに行って来たのでした。

「やはり、うわさはほんとうだったよ。引っ越しの準備に取りかかろうとしているところだったよ」

「まあ、やっぱりそうだったのですか。ブルックスさんまでそういう気持ちになるなんて、村の人はみな、バームを出たいと思っているってことなのでしょうね」

「わたしも、人々の気持ちはよく分かるよ。しかし、ブルックスさんは、もっと大きな心で考えてくれる人だと思っていたんだがね。

　よく考えてごらん。村の人たちが、みな四方八方に散らばっていけば、ペストがどうなるか。イギリス中に広まって、ロンドン以上の被害になることだって考えられるよ」

「あなたのおっしゃるとおりですわ。でも、命だけは助かりたいというみんなの思いもよく分かりますわ。ブルックスさんだって命が惜しいと思いますよ」

「ブルックスさんは、命がなくなっては信仰も何もないと言うのだよ。これまで真面目に生きてきたのに、なぜこんな目にあうのか分からないって。神様が何もしてくださらないのだから、自分でどうにかするしかない。バームを出てペストから逃れるしかない。そうブルックスさんは決めたと言うのだよ。

わたしは、人は一人だけで、自分の家族だけで生きることはできない、友人や村の人々、さらには国中の人々に支えられて生きていると、話したんだけどね。ブルックスさんも家族も、これまでバームでたくさんの人たちに支えられて生きてきた。同じように、どこに行ってもまた、そこの人々と共に生き、支えられることになる。バームを出て引っ越しても、そこでペストをうつして、ペストがはやったら、どうなるだろう。死者は増えるばかりだ。みんながそういうことをすれば、人はいなくなり、村も国もなくなってしまう。そう話したのだが。

わたしはブルックスさんに、自分や家族だけのためではなく、国中の多くの人のために、村に留まるように頼んだのだけれど、もう決心は固そうだった」

ネリーは、ブルックスさんに対してがっかりしたトンプソン牧師の気持ちがよく分かりました。それと同時に、クレア先生が夫の受けた打撃を少しでも軽くしてやりたいと思っていることも、よく分かりました。

「ブルックスさんは、こういう非常事態で一時的に気持ちが動転しているだけじゃないかしら。今日あなたと話して、思い直してくださるのじゃないかしら。もう少し待ってみましょう」

「わたしもそれを願っているよ。しかし、こうしてますます増えてくる、よそへ引っ越したいという人たちに対して、これからどう対処していけばいいのだろう。

村から出るなということは、死ねと言うのと同じだ。わたしも、まだそこまでは強制する勇気がないのだ。かといって、出るに任せておけば、国中にペストをばらまくことになる」

「そうですね。この村にペストがはやり始めたのも、カーチスさんがロンドンから持ってきた反物の中の、のみからですものね。人々が村から出れば、これと同じことがよその村や町にも起こることになりますからね」

トンプソン牧師もクレア先生も、ほんとうに困り果てた様子でした。

五月も半ば過ぎて、毎日何人か死者の出ない日はなく、ネリーのおばあさんが亡くなってしばらくの間はまだ鳴らされていたとむらいの鐘は、今ではすっかり中止されてしまいました。荒涼としたヒースの丘に、重々しく鳴り響く鐘の音は、人々の心をますます恐怖と絶望の底に落とし入れるからでした。確かに、ネリーも毎日毎日耳にしていた沈んだ音を聞かなくなって、少しほっとした気分になりました。

また、五月初めまでは、教会の墓地に埋葬されていた死者たちも、今ではその日の死者がまとめられて、深夜、村外れに新しく設けられた共同墓地に葬られるようになりました。教会の墓地には入りきれなくなったのです。ネリーは、毎晩夜更けにトンプソン牧師が灯りをともして、死者の霊をとむらうために埋葬の場所へ行くのに気がついていました。

村外れの暗い丘のふもとで、かすかにゆれる灯りの影は、ネリーの心を不安と恐怖でいっぱいにしました。それでも、ネリーはそのことをトンプソン牧師にもクレア先生にも言わず、じっと黙ったままでいました。ネリーが知っていることが分かったら、二人ともとても悲しむような気がしたからでした。

ペストにかかった人や死人が出た家には近付いてはならないことになっていました。それで、今ではもう、ネリーは友だちにも会えず、ほとんどクレア先生といっしょに過ごしていました。仲良しのケイトの家に行くのも、止められていました。ケイトのお父さんと弟にペストの兆候が現れたからでした。その後、ケイトも病気になったことを知り、すぐにでも会いに行きたいと思いましたが、我慢しなければなりませんでした。

また、羊のボニーにも、ペストの人の血を吸ったのみがついているかも知れないという理由で、近付かないように言われていました。

小さなバームの村には、医者はいませんでしたし、またペストを治す治療法などまだ分かっていませんでした。人々は、昔から聞き知っている方法でどうにか間に合わせていました。とねりこやまんねんろうの枝、たちじゃこうそうの葉などを集めて、いぶし、消毒予防に使っていました。ネリーは、クレア先生がこれらの枝や葉を集める手伝いをしました。クレア先生はたくさん集めて、村の人々に分け与えていました。

五月も終わりのある日、ネリーが心の底でひそかに恐れていたことが、ついに現実になってしまいました。ケイトが死んでしまったのです。

「ネリー。しっかりして聞いてちょうだいね。今日の朝、ケイトがとうとう亡くなったのだって」

クレア先生からそう聞いた時、ネリーは一瞬息が止まったかのように苦しくなりました。

「どうして？　どうして、ケイトまで死んでしまったの？　どうして、みんな

たちじゃこうそう

みんな死んでしまうの？」

　ネリーはやっとそれだけ言うと、その場にわっと泣き伏してしまいました。

「ネリー、ネリー。ほんとうにどう言ったらいいか分からないわ。この間、おばあさんを亡くして、ようやく元気になったというのに、またケイトまで」

　クレア先生もなぐさめようがない様子でした。ネリーはしばらく泣いていましたが、やがて涙を拭いました。

「クレア先生、心配しないで。わたし、大丈夫よ。ペストなんかに負けないから」

「そうね。ネリーは強いもの。のみもネリーには近付かないくらいなのだから」

「わたしの血は、きっとおいしくないのだわ」

　ネリーは、泣き笑いして言いました。

　その夜、ネリーは、丘のふもとに灯りが見えるのを、寝室の窓辺でじっと待っていました。ケイトがその日の犠牲者たちといっしょに、葬られるのです。やがて、村からゆらゆらゆらと光が進んで、共同墓地のある辺りで止まりました。暗く横たわる丘のふもとでちらちらする光は、まるで人間の魂のようでした。

「ケイト、ケイト。もう会えないのね。もういっしょに遊べないのね。ケイト、あなたは今どこにいるの？きっと天国にいるのよね。わたしのおばあさんもいっしょかしら。

ケイト。みんな次々に死んでいく。わたしも、間もなく死ぬのかしら。神様はなぜこんなに多くの人の命を奪われるのかしら。

ケイト。わたしたちを守ってちょうだい。もうこれ以上、ペストがはやらないように守って」

ネリーは、ふもとの光に向って、いつまでも語りかけていました。そして、いつの間にか、窓にもたれて泣き寝入りしてしまいました。

七　説教

ペストが、ほしいままに猛威を奮っている間も、バームの野や谷間はそれとはまったく関係がない様子で、ますます美しく緑の装いをつけていました。ぶな、にれ、オーク、とねりこ、それぞれに爽やかな風に輝いて、緑の交響曲をかなでていました。白い冠型の花の房をいくつもつけている大きなとちのきは、まるで指揮者といった風情でした。

デイジーの群がる野には、黄色のきんぽうげの花が、細い茎の先で風になびいていました。野の

きんぽうげ

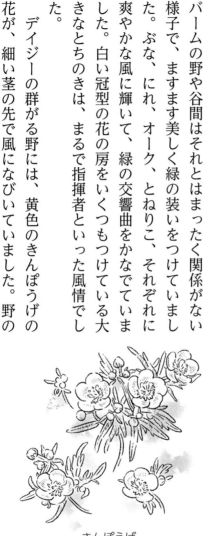

上に広がる明るい空には、かっこうの澄んだ声が響きわたりました。

ただ、ヒースの丘だけは、まだ褐色をおびた暗い緑色のままで、むっつりと黙りこくって横たわっていました。まるで、バームの村の不幸をじっと見据えているかのように、厳しい丘の様子でした。

五月末までのペストによる死者は、七十七名にも達し、村はますます混乱し始めました。村人たちの人望を集めていたブルックスさんが村を出ると決めたと知ると、それに続こうとする人たちが次々に現れました。しかし、村を出ようにも出られない人も大勢いました。家族の中にペストにかかった者がいる場合や、お金も行く当てもない場合は、村に留まらざるをえません。そういう人々の間には、投げやりな気分が生じました。

トンプソン牧師は、村の人々の混乱と不安、そして捨てばちな態度を見て、とても悩んでいる様子でした。彼は、人々の気持ちがよく分かりました。それで、村に留まって死を覚悟するようにとはなかなか言い出せませんでした。ネリーは、トンプソン牧師が礼拝堂で一人祈っている姿をよく見かけました。

ある夕方、礼拝堂で熱心に祈っているトンプソン牧師の真剣な姿を見て、ネリーもそっとその後ろにひざまずきました。

「神様。どうかお救いください。おばあさん、ケイト、わたしたちをペストから守って」

そう何度も心の中で言いながら、目を閉じました。すると、おばあさんとケイトのにこにこした顔がまぶたに浮かんできました。そして、二人ともやさしいまなざしで、ネリーに語りかけてきました。

おばあさんは、生前よくネリーに話していたあのとてもしみじみとした口調で、こんなふうに語っているようでした。

「ネリー。恐がることはないよ。ペストはきっとおさまるから。

木だって、花だって、ずっと枯れたままということはない。また必ず芽を出すだろう。同じことだよ。だから、勇気をお持ち。

ネリー。神様は悪いようにはなさらないよ。神様にお任せしなさい」

ネリーは、だんだん落ち着いた気持ちになってきました。

ケイトも、とても幸せそうに見えました。

「ネリー。わたし、天国であなたのおばあさんに会えたのよ。

天国は、あなたやエミリーと遊んだ野原のように美しいところよ。きれいな花が咲いていて、小鳥がさえずり、バームの春の野にそっくりよ。

ここから、わたし、あなたや村の人々を見守っているわ。また、楽しい村にもどれるようにね」

「ありがとう、ケイト、おばあさん。バームが、以前のような平和な村になることを、わたし、信じるわ」

ネリーは、胸の底から何か温かいものがわいきて、胸いっぱいに広がるのを感じました。それは、おばあさんやケイトが示してくれたように、村はきっと回復するに違いないという信頼の気持ちでした。

　ネリーがそっと立ち去ろうとすると、トンプソン牧師のお祈りも終わりました。

「ネリーは何をお祈りしたのかい？」

「わたし、おばあさんとケイトとお話ししていたのです」

「そう。それはよかったね」

「そして、ペストはもう間もなく、おさまるに違いないと思いました」

「ほう、どうしてかね」

「だって、おばあさんもケイトもそんなふうに信じているようだったのですもの。それに、生きている時もよく言っていたけれど、おばあさんが、神様は悪いようにはなさらないからお任せしなさいと、言っていました。

　わたし、二人の言うとおりになると思います」

　ネリーがそう言うと、トンプソン牧師はなぜだか、はっと思い当たったような表情を示しました。そして、しばらくだまっていましたが、やがて口を開きました。

「ネリー、ありがとう。君の言うとおりだ。すべては神様にお任せしよう。わたしはあれこれ迷いすぎていた。そうなんだ。君のような素直な心でお任せすればいいのだ。そうすれば、ネリーのおばあさんが言うように神様は悪いようにはなさらないはずだ。ネリー。君はわたしに大切なことを思い出させてくれた。ほんとうに、ありがとう」

ネリーは、お礼を言われて、ちょっときまりが悪くなりました。

そして、トンプソン牧師はついに、日曜日の礼拝の説教で、村の人々全員に村に留まり、ペストと闘うように告げました。彼にはもう迷いが見られませんでした。

「わたしたちの愛する村、バームは、今とても苦しんでいます。これまで、わたしたちは、美しい自然に囲まれて平和に仲良く暮らしてきました。ついこの間までは、この幸福がずっと続くことを、誰も少しも疑わずにいたと思います。

ところが、突然、不幸はやって来ました。去年の秋、この村に入ったたった一匹ののみが、わたしたちを恐怖と不安の中に突き落としてしまったのです。そして、今、わたしたちは不安と混乱の中にいます。すでに、ペストによる犠牲者は七十七名にも達し、現在病気にかかっている人々もたくさんおります。

みなさんは、一体どうしたらよいのだろうと、夜も眠れぬほどの気持ちでいることでしょう。このままこの村にいたら、死んでしまうに違いない。しかし、わたしからは、よその土地へ病気を広めないために、村に留まった方がよいと言われている。どうしたらいいのだろうと、迷っていることでしょう。

実際のところ、わたしも迷っていました。みなさん全員に死を覚悟してバームに留まるように言う自信と勇気がなかなか出てこなかったのです。でも、ようやく決心がつきました。

みなさん。全員でこのバームに留まりましょう。そして、ペストと闘いましょう。ペストもいつかはきっとおさまります。それまで力をあわせて、ペストを追い払いましょう。神様にすべてお任せしましょう。そうすれば、神様はきっと守ってくださいます。

わたしは、この村に赴任してまだ三年にもなりませんが、この村をとても愛しています。自然は美しく、みなさんはほんとうに良い人たちばかりです。きっとまた以前の平和な村に神様はもどしてくださると、わたしは信じています」

それからトンプソン牧師は、聖書に出てくるヨブの話をされました。ネリーは、おばあさんからヨブという名前を聞いたことがありました。

清く正しく生きていたヨブは、十人の子どもに恵まれ、たくさんの家畜やしもべを持ち、とても栄えていましたが、突然、それらのすべてを殺され奪われてしまいました。さらには、体中にはれものができました。

ヨブは、耐え忍び、なげき、ようやく気がつきました。神様は、良いことばかりを与えてくださるのではなく、悪いことも与えられるのだと。それからヨブは、身に起こるすべてのことをあるがままに受け止めました。そして、再び多くの子どもと財産に恵まれ、長生きしました。

バームの人々も、ヨブと同じように、突然襲ってきたペストという災いに耐えているのです。トンプソン牧師は、バームの人々を励まそうとヨブの話をしたのです。人々は、彼の説教にじっと耳をかたむけていました。

ネリーには、ヨブの苦しみが少し分かるような気がしました。ネリーもたった一人の家族のおばあさんを亡くし、エミリーも村を去り、ケイトまで亡くしてしまいました。時々とても悲しくなって、涙が出て仕方がなくなります。

「どうして、わたしはこんなに悲しい目に会わねばならないのだろう。次々に大切な人がいなくなってしまう」

でも、トンプソン牧師の話を聞いて、「ヨブと同じように、きっとまたいつかは幸せになるだろう」と思ったのでした。

トンプソン牧師は続けて言いました。

「イエス様は、『自分自身を愛するように、隣人を愛しなさい』とおっしゃいました。隣人を愛するとはどういうことでしょう。それは、究極的には、友のために命をささげるということに他なりません。イエス様は、『人がその友のために命を捨てること、これより大きな愛はない』と言っておられます。

今、わたしたちは、このイエス様の教えを突きつけられているのです。わたしたちがペストから逃れようと、あちこちに移り住むと、どうなるでしょう。このダービシャーだけではありません。ヨークシャーやレスタシャーなどイギリス中にペストは広まります。ペストの犠牲者を国中に増やさないためにわたしたちにできること、それはバームから出ないこと、ペストを村の範囲に留めておくことです。これこそまさしく友のために命を捨てることです。

今、わたしたちは、イギリス中の友のために命を捨てなければならない時に直面しているのです。わたしたちは、自分一人で生きているのではありません。家族、村の人々、広くは国中の人々によって生かされているのです。わたしたちの命は、多くの友人あってこその命なのです。自分一人だけの命など存在しないのです。ですから、お互いに助け合うこと、自分の命を支えてくれる友のために生きること、それが大切なのです。

みなさん、このバームに留まり、イギリス中の友のために命をささげましょう。神様はきっとわたしたちを守ってくださいます。すべては神様にお任せして、祈りましょう」

トンプソン牧師は、自分自身にも言い聞かせるように、ゆっくりと話されました。説教の間中、本堂の中はしーんと静まりかえっていました。そして、話が終わってもまだ、人々は立ち上がろうともせず、彼の言葉を心の中で考え続けている様子でした。

やがて、礼拝が終ると、みな一人一人、トンプソン牧師の手をしっかり握って、帰って行きました。彼に涙とまじったキスをしていく人もたくさんいました。ネリーもなぜか涙があふれ、体中に力がわいてくるような気がしました。

八　協力

その夜、トンプソン牧師はクレア先生と今後の対策を立てていました。すると、玄関の扉をたたく音がしました。ネリーが開けると、あのブルックスさんが立っていました。村を出ることを決めて、トンプソン牧師をとてもがっかりさせた人です。それでも、今日の礼拝には来ていました。

「今晩は。牧師様はおられますかね」

ブルックスさんは、何か決心した様子で、ひどく緊張した顔つきをしていました。ネリーは、その勢いに押されて、牧師様に取り次ぐことも忘れて、中に通しました。

「今晩は、ジョン。こんなに遅くどうかしたのかね」

トンプソン牧師は、いつもと変わらない親しげな調子でたずねました。

「わしはほんとうに間違っていたと思います。牧師様。村を出て行くなどと言って、後悔しております。今日、牧師様のお話をお聞きして、自分の間違いがよーく分かりました。

わしはどうかしていました。自分と女房や子どもたちのことばかり考えて、他の者がどうなるかなんて頭になかったのです。他の者が死のうが生きようが、自分と家族の命が助かりさえすれば、どうでもいいと思ったのです。

今日は、この村で最後の礼拝だと思って出かけたのですが、ほんとうに、出かけてよかったです。今日、礼拝が終わってから、女房とよーく話し合いました。女房もやはり村に留まろうと言ってくれました。牧師様のおっしゃるとおり、この村に留まって、ペストがおさまるのを待ちます。

村の連中とも話し合いました。わしが村を出て行くことを止めたと言うと、みなびっくりしました。もうほとんど荷造りできて、二、三日うちに出発するばかりになっていたもんだからでしょう。そして、連中も、わしが村に留まるのなら、自分たちもそうしようと言ってくれました。やはり、牧師様のおっしゃるとおりにしよう、イエス様の教えにそむいてはならないと、みなで決心しました。

わしも、ほんとうはこのバームの村を捨てることが、いやだったんです。バームはとても美しい村です。人もいい人ばかりです。バームのみなと別れてしまうのは、とてもつらかったのです。みなもわしと同じ気持ちです。

牧師様、ほんとうにすまないことでした。わしは間違っていました」

ブルックスさんは、一気にそれだけ言うと、興奮をおさえるかのように、口をぎゅっと引き締めました。

「ジョン、よく決心してくれたね。ありがとう、ありがとう」

トンプソン牧師は、感激と喜びのあまり、それだけ言うのがやっとでした。彼は、ブルックスさんの手を取って、何度も肩をたたきました。ネリーもクレア先生も、二人でそっと手を取り合って喜びました。

しばらくして、トンプソン牧師が口を開きました。

「ジョン。君が決心してくれたのだから、村の人たちはみな、もう動揺しないと思うよ。

今日、礼拝が終わってからも、わたしはまだ内心不安だったのだよ。君が村を出て行けば、また他の者も大勢出て行こうという気になるだろうと思ってね。ところが、君は村に留まることを決めてくれたばかりか、村の人々の決意と団結を強めてくれた。ほんとうにわたしもお礼を言うよ。

君が村に留まってわたしを助けてくれれば、千人の味方を得たようなものだ。よろしくお願いするよ」

ブルックスさんは、少し照れながら、たのもしく答えました。

「はい、牧師様。村の連中の決心は変わらないと、わしがうけ合います。みんな、今日の牧師様のお話で、はっきり心を決めることができたんです。

これから、わしは喜んで牧師様のお手伝いをさせてもらいます」

「早速だが、全員が村から出ないとなると、食べ物はどうするか、衣類は足りるのか、消毒は充分にできるのか、色んな問題が起こってくるのだよ。

さっきも、クレアとそれを考えていたのだ。ほんとうに君を頼りにしているからね」

トンプソン牧師は心からうれしそうでした。やがて、ブルックスさんは帰りました。

翌日から、トンプソン牧師はたいへん忙しくなりました。まず第一に取りかからねばならないことは、村の周りに防疫線《ぼうえきせん》を築くことでした。村から八百メートルぐらい離れたところに、石垣を作り、村を取り囲んでしまうのです。防疫線というのは、バームの村はペストがはやっているから、他の町や村に出ることも、またよそから入ることもしないということを示す印です。

トンプソン牧師は、ブルックスさんに手伝いを頼みました。ブルックスさんはすぐに、病気にかかっていない村の男の人たち全員を駆り出してきました。

今では、村の人々はすっかり覚悟を決めて、トンプソン牧師の言葉に喜んで従いました。そして、一週間もかからないうちに、村の周りはきっちりと石垣で囲まれました。

しかし、一番の問題は、食料と衣類補給の問題でした。食料は、例年三分の二ぐらいは村で自給自足できていました。しかし、十月の刈り入れまでまだ四ヶ月もあり、今年は人手不足で全部の刈り入れはとうてい無理でした。六月頃は、ちょうどジャムやバター、また小麦粉など大事なものが欠乏し始める時期でした。

また、衣類もぜひなくてはならないものです。のみがうつらないように、病気にかかった人のものは必ず焼いて処分しました。そのため、新しい清潔な衣類や寝具がたくさん必要でした。

トンプソン牧師は、食料と衣類を確保しておくことが、村の人々を安心させるのにもっとも有効な方法だと考えました。それで、友人のマンスフィールド伯爵《はくしゃく》の助けを求めることに決めました。マンスフィールド伯爵は、バームからかなり離れていますが、同じダービシャーに住む、とても博愛心のある人でした。トンプソン牧師は、みずからバームの村の窮状を訴え、助力を願いに出かけることにしました。

ネリーは、その日のうちに、帰れるようにと朝早く馬で出発するトンプソン牧師を、クレア先生といっしょに見送りました。ネリーは、「もしマンスフィールド伯爵様から断られたら、どうなるだろう。牧師様は困られるだろうなあ」と思うと、とても不安な気持ちになりました。

「クレア先生、大丈夫でしょうか。いくらやさしいマンスフィールド伯爵様でも、ペストの村は敬遠したいかもしれませんね」

「ネリー、何も心配しなくてもいいのよ。きっとうまくいくわよ。

伯爵はとてもお金持ちだから、バームの村をしばらく支えてくれる程度の食べ物や衣類くらいは、充分に与えてくださると思うわ。彼と伯爵は長年の友だから、きっと助けてくださるわ」
　ネリーとクレア先生は、その日一日中トンプソン牧師の成功を心の中で祈り
ながら過ごしました。
　やがて、夜も九時を過ぎました。しかし、まだトンプソン牧師は帰って来ま
せん。ネリーは少し不安になって、何度も二階の窓から丘の方をのぞきました。
夏の日の暮れは遅く、丘はかすかに暗くなっているだけでした。夕闇は不思議
なほど透きとおっていて、まるで清らかな水の中にいるような感じがしました。
木々で時々さえずる小鳥の声以外は何の音も聞こえず、庭にしきつめられたデ
イジーが、うす暗がりの中にまるで泡粒のように白く浮き立っています。
「ああ、こんなに美しい夕闇や静かな時間が、またみんなのものになりますよ
うに。どうか神様、お守りください。
　牧師様が無事帰って来られますように」
　ネリーは、思わず心の中で祈らずにはおられませんでした。

そして、とうとう丘もすっかり闇の中に閉ざされ、デイジーも暗く沈んでしまい、十時が過ぎました。ネリーは、クレア先生から、もう遅いから寝床につくように言われました。その時です。馬の足音が聞こえて来ました。二人は大急ぎで扉を開けました。

「やあ、遅くなったね。おや、ネリーはまだ起きていたのかい？」

トンプソン牧師が、疲れた様子もなく入って来ました。ネリーとクレア先生は、一目で交渉が成功だったことが分かりました。

「お帰りなさい。牧師様」

「あなた、うまくいったようですね」

「うん、うまくいったよ」

「ネリーがとても心配していたのですよ」

デイジー

クレア先生がネリーの気持ちを伝えてくれました。

「ネリー、もう心配しなくてもいいよ。マンスフィールド伯爵がすっかり引き受けてくださったからね。何やかやと手はずを整えていたものだから、こんなに遅くなってしまったのだよ」

ネリーは、一日中心配していたことがうそのようで、うれしくてたまりませんでした。トンプソン牧師は、熱いミルクでほっと一息ついてから、伯爵と会って話したことや、決められたことを詳しく話してくれました。

「伯爵は、この村からペストがすっかりなくなるまで全面的に援助するから、安心するようにと言ってくださったよ。

そして、村の人々の決心にとても心を動かされた様子でね。やっとロンドンでペストがおさまったばかりなのに、また広がると、イギリスは混乱と疲労で参ってしまうだろうとおっしゃっていた。こういう時に、バームの人たちが村から出ないと決めてくれたことは、この上もなくありがたいし、なかなかでき

ることではないと感心されて、全面的な協力を申し出てくださったのだよ。

伯爵は、食料や衣類を無料でくださると言われたのだけれど、わたしは代金は払える限りは払うことを約束してきたよ。長引いた場合、伯爵の負担も大変だと思うし、またその方が、村の人々に責任を持たせ、気持ちをふるい立たせることになるからね。

問題は、どういうふうにして品物とお金を交換するかということだ。それで、村の入口近くに指定の場所を定めることにした。目印は水槽《すいそう》だ。その中に、酢を入れた水を入れておくのだ。品物を置いてくれたら、わたしたちバームの者は代金をその水槽に入れるのだよ。酢は強い殺菌力があるので、お金も手も消毒されることになって、わたしたちの病気は外に伝染する心配はない。

こういう交換の方法さえはっきり決まれば、もう安心だよ。とにかく、村の人々は、防疫線で外の世界と遮断《しゃだん》されてしまったら、日常の生活が送れなくなるのではないかということが、一番の不安だったからね。

ほんとうに、マンスフィールド伯爵にはいくら感謝してもしきれないと思うよ。たいていの人は、とにかくペストの村なんかには一歩でも近寄りたくないし、関わり合いたくないものだからね」

トンプソン牧師は心から安心したように見えました。そして、クレア先生もその様子を見て、とてもうれしそうでした。

ネリーは、もう夜もふけてから、ぐっすりと眠りにつきました。

九　猛威

防疫線も築かれ、マンスフィールド伯爵の援助を受けることになり、バームの村の人々は一日も早くペストから解放されることを願って耐え忍びました。しかし、六月も過ぎ七月になっても、相変わらず死者の数は減るどころか増える一方でした。丘のふもとの埋葬地は毎晩運ばれる死者のため、どんどん広がるばかりでした。

教会のとむらいの鐘もなく、死んだ人々が夜の闇の中をまとめて運ばれていく灯りを見ると、ネリーはおばあさんやケイトのことを思い出し、改めて悲しみで胸がいっぱいになるのでした。

「一体いつになったら、村は以前のようになるのかしら。ライラックの花は香り、きばなふじは金色に輝いて、花や木は去年と変わらずこんなに美しいのに。

あんなに暗い褐色をしていた丘だって、だんだんと緑色になっているのに。丘がヒースの花で紅色に染まるのも、もうそんなに遠くないわ。なのに、村にはますます病気の人が増え、毎日毎日たくさんの人が死んでいく。

神様。早く、バームを以前の村にもどしてください。

おばあさん、ケイト。いつわたしたちは病気から自由になれるの。どうか、お願い。バームの村の人たちを元のように元気にしてちょうだい」

ネリーが心配しているのと同じように、トンプソン牧師とクレア先生も、いっこうに回復のきざしの見えない村の状況に胸を痛めていました。

トンプソン牧師は、七月からは日曜日の礼拝は教会の中ではなく、村外れの野原で行うことにしました。狭い教会の中では、どうしても人々は互いに接触し合うことになるからでした。広い野外では、互いに離れて祈ることができます。少しでも伝染を避けようという、牧師様の苦心から出た方法でした。

防疫線近くのくぼ地で毎日曜日、礼拝は行われました。トンプソン牧師が話をする説教壇は、自然の岩でした。病気にかかっていない人たちは、必ず日曜日にはこのくぼ地に集まりました。そして、トンプソン牧師の話にいっときの不安な気持ちをなぐさめられ、安らかな心で祈ることができました。

トンプソン牧師は、つい決意がくじけそうになる村人たちを絶えず励まし、勇気づけました。ペストによる犠牲者は増える一方で、七月半ばには、三百五十名近くいた村の人口は、百五十名足らずに減っていました。人々は、バームから外に出ないといったんは決心したものの、毎日毎晩死んでいく家族や隣人の姿を目にしていると、この死の恐怖から逃げ出したいという気持ちが起こってくるのでした。でも、そういう時、トンプソン牧師の励ましとなぐさめの言葉は、人々の心を立ち直らせました。

トンプソン牧師はいつもほほえみを絶やさず、人々を勇気づけ続けました。しかし、心の中ではじっと悲しみをこらえているのでした。

日曜日毎に、礼拝に集まる人々の数は減っていく一方でした。岩の説教壇の上からそれを見るトンプソン牧師の胸は、悲しみではりさけそうになりました。しかし、それをおもてに表すことはできません。人々を動揺させないため、懸命に力強くしかもやさしく話しかけました。牧師と毎日暮らしているネリーには、彼の苦しみが分かるのでした。

また、トンプソン牧師は村人を二十人ずつのチームに分け、チームの人が協力して消毒を続けられるように工夫しました。のみが増えるのを防ぎ、病気が広がらないようにするため、とねりこやまんねんろうの枝、たちじゃこうそうの葉などをいぶして家や体、衣類を消毒するのです。でも、一つのチームも次々に欠けていくので、二十人がたちまち十八人、十五人、十人と減っていきました。

病人が多く出たチームや子どもの多いチームでは、枝や葉を集める手が不足します。そういう時、ブルックスさんやかじ屋のスミスさん、大工のニューマンさんたちは、余分に集めて分けてやりました。

ブルックスさんたちの奉仕には、トンプソン牧師ばかりでなく、村の人々みながら心から感謝していました。死者が増えて亡骸《なきがら》は家族の手で埋葬地に運ばねばならなくなりましたが、ブルックスさんたちはすすんで手伝いました。村中を回って何人もの死者を集め、離れた丘のふもとまで運ぶのは、とても骨の折れる仕事であり、また胸のつぶれるほど辛い仕事でもありました。ついこの間までいっしょに笑い、話していた友を埋葬のために運んでいく悲しさは、口では表せないものでした。こうして、ブルックスさんたちは、いつもトンプソン牧師の手となり足となって働きました。

クレア先生も、トンプソン牧師から許される限り、病気にかかった人々のために尽くしました。トンプソン牧師は村人たちに病人に近付かないように、厳しく申しわたしておりました。クレア先生やネリーもその言いつけを守らねばなりませんでした。病気で苦しんでいる人を放っておくなんて、残酷でとても無慈悲なように思えましたが、病気が広がらないようにするためには、仕方のないことでした。

それで、クレア先生は、せめて薬草を病人の出た家の入口まで持って行ってあげようと、薬草集めに精を出しました。防疫線からは出られないため、防疫線近くの野に出かけました。夏のさかりの野は、きんぽうげやデイジーを初め、なずな、きつねの手袋などさまざまの花が咲き乱れていました。

クレア先生は本を読んだり、人から聞いたりして、少しでも病気に効きそうなものは何でも集めました。どこにでも見かけるたんぽぽ、うなだれたおだまきそう、頑丈にしっかりと根を張ったりんどう、そして小粒の白い花がかわいらしいにわとこなど、あちこち歩き回って採りました。ネリーは、クレア先生が亡くなったおばあさん以上に、薬草に詳しいのに感心しました。

クレア先生は、昼も夜も村人のために祈

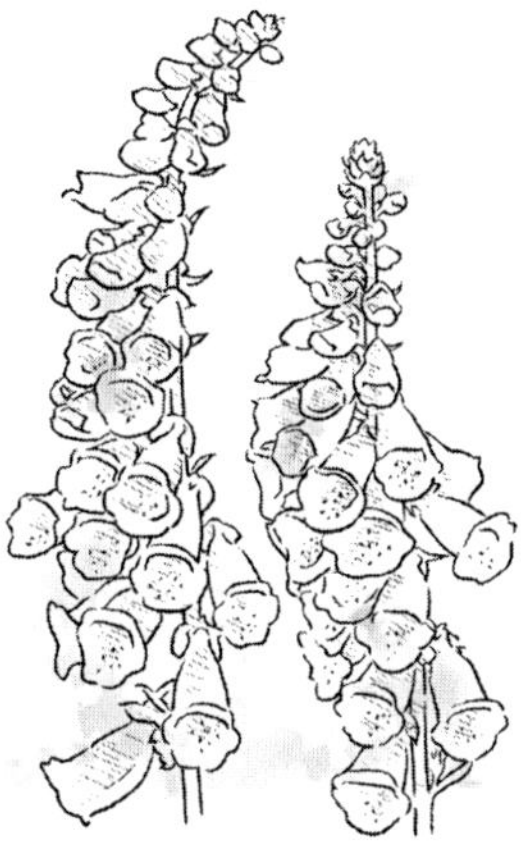

きつねの手袋

り働いている夫や、それを助けるブルックスさんたち、じっと耐え忍びながらペストのおさまるのを待っている村の人々の姿を見ると、何かせずにはおれなかったのです。

やがて、八月になり、ヒースの花が固いつぼみをつけ始める頃になりました。でも、ペストの勢いは衰えるどころか、ますます激しくなるばかりでした。クレア先生は、親しくしているグリーン夫人の子どもたちが次々に亡くなり、夫人も病気になってしまったと聞いて、とても心を痛めていました。

「グリーン夫人に会って、なぐさめてやりたいけれど会えないし、ほんとうに残念だわ。薬草をもっと集めて、置いてくるぐらいしかわたしにはできないのね。ネリー、手伝ってちょうだいね」

クレア先生はネリーを連れて野に出かけ、いっそう薬草採りに精を出しました。でも、先生の努力のかいもなく、わずか一週間のうちにグリーン夫人の家の七人は全員亡くなってしまいました。先生のがっかりした様子は、見ていても気の毒なようでした。

　グリーン家の人たちが亡くなってしばらくたったある日、クレア先生は薬草採りから帰って、急に気分が悪くなりました。ネリーは、おばあさんがやはり同じように急に気分が悪いと訴えて、数日のうちに世を去ってしまったことを思い出し、とても不安になりました。

「クレア先生、大丈夫ですか？　すぐに薬草をせんじるから待っていてください」

「ネリー、ちょっとそこで聞いていてちょうだい。どうやら神様は、わたしにも永遠の休息を与えてくださるおつもりのようだわ。

　ネリー、ほんとうにわたしをよく助けてくれて、ありがとう。この三ヶ月の間、短い間だったけれど、やさしくて賢い娘を持つことができて、とても幸せだったわ。ほんとうにありがとう。

　これから、あなたは一人でも十分に強く生きていけると思うわ。わずか一年足らずの間に、こんなに色々な苦しみや悲しみを経験したんですものね。

ペストも、秋に向ってきっと下火になるはずよ。だから、すべては神様にお任せして、悲しみに負けずに強く生きてね。そして、牧師様をどうか助けてあげてちょうだい」

「クレア先生、そんなこと言わないで。きっとすぐに元気になられます。お願いだから、元気になってください」

ネリーは思わず泣き出して、クレア先生にとりすがろうとしました。すると、クレアはいちはやく叫んで言いました。

「わたしに触れないで。早く、牧師様を呼んで来てちょうだい」

その夜から、クレア先生は牧師館の一番奥の、今まで使われたことのない部屋に移されました。ネリーは、先生に会いたい気持ちをじっとおさえていました。そして、ただひたすら祈りました。

「どうか、神様、クレア先生をお助けください。

先生は、村の人たちのために薬草を採り、祈り続けてこられました。そして、孤児のわたしを娘のようにかわいがってくれました。そんな先生の命がもう召されるなんて。

お願いです。先生の命をお救いください。

おばあさん、ケイト。わたしと牧師様からクレア先生を奪わないように神様にお頼みして。

お願い。先生を助けて」

でも、ネリーの祈りのかいもなく、クレア先生は八月半ば、とうとう帰らぬ人となってしまいました。ネリーには、あのやさしい先生がもうこの世にいないなんて、とても信じられませんでした。

「牧師様。どうして、こんなに神様は次々に人の命を奪ってしまうのでしょう。いつまで、こうしてペストはいばり散らすのでしょう。

わたしには、もう我慢ができません。こんなにひどいことを許される神様でも、信じなければならないのですか。おばあさんも、ケイトも、クレア先生も、わたしの大事な人をみな次々に奪ってしまうなんて、神様は何て残酷なのでしょう」

ネリーは、悲しみと怒りで胸が張り裂けそうでした。

「ネリー、気持ちは分かるけど、神様をうらんではいけないよ。いつか日曜日の礼拝でわたしが言ったように、神様はいつも良いものばかりを与えてくださるとは限らないのだ。良いものも悪いものも全てを与えてくださるのが、神様なのだよ」

トンプソン牧師は、言葉少なにネリーをいさめました。その時、ネリーは、トンプソン牧師の顔を見て、はっとしました。その眼には涙が光っていたのです。トンプソン牧師は、最愛の妻を亡くして、きっとネリー以上に悲しかったに違いありません。でも、じっと耐えていたのです。

「それに、ネリーにはまだわたしがいるだろう。わたしではだめなのかね。

わたしは、ネリーを頼りにしているのだよ。クレアから習ったように、料理を作ったり床をみがいたりして、わたしを助けておくれ。そして、いっしょに村の人たちのために祈っておくれ」

「ごめんなさい、牧師様。神様を悪く言ったりして。わたし、自分だけが不幸なような気がしていたのです。

クレア先生も最後に、強く生きなさいって、励ましてくれました。今日からわたしに、お料理もお掃除も任せてください」

その日から、ネリーは早速料理を作り始めました。一人で作るのは初めてでした。ポテトが少し固くて、スープがやや辛すぎましたが、トンプソン牧師は喜んで食べてくれました。

「クレア先生、わたしもどうにか一人でやっていけそうです。どうか、天国で見守っていてくださいね」

その夜、ネリーはクレア先生のやさしい笑顔を思い浮かべながら、眠りにつきました。

十　輝く丘

やがて、八月も半ば過ぎました。バームの周りの丘は、いっせいにヒースのつぼみが開き、紅色に染まりました。ヒースの花は、この北にある山国の夏を最後にいろどる美しい装いでした。なだらかな丘が、少し弱まりかけた日の光にぼんやりと紅色にかすんで続くさまは、心を安らかにしてくれました。

特に、ペストに苦しむ今年の村の人たちにとっては、幸福のしるしででもあるかのように新鮮な光景に映りました。人々は、とにかく早く秋が来てペストの勢いがおとろえるこ

ヒース

とだけを願っていました。ヒースの花が咲いて散れば、もう秋です。そして冬もすぐにやってきます。

ネリーは下旬に入って、村はずれの埋葬地へ死者を運ぶために向かう灯りを毎晩見なくなったことに気がつきました。中旬までは、毎晩毎晩、その灯りを見ては悲しくなっていました。そして、おばあさんやケイトを思い出し、この間はクレア先生のために泣いたのでした。

ネリーは、ようやくペストが下火になりかけたことが分かりました。少し気温が下がって、のみも元気を失い、活動しなくなったのです。そして、病人や死者も少しずつ減り始めたのです。

トンプソン牧師も、すぐにこのことに気づきました。教会の登録簿に記される死者の数が日毎に減っていきました。長い、長い闘いがようやく終わりに近づいたのです。

「ネリー、ついに終わりだ。この調子でいけば、もう間もなくペストはこの村から去るだろう。

だが、死者は二百五十人近くにもなってしまった。村の三分の二以上の人が亡くなってしまった。何と大きな犠牲だろう。

家族を失い、友人を失った人たちは、これからどうやって立ち直っていくだろうか。ほんとうに大変なことだ」

トンプソン牧師は、ペストがおさまりつつあることを喜ぶよりもむしろ、それによって失われた、あまりにも大きな犠牲の方に心を悩ませている様子でした。

「でも、牧師様、三分の一の人は無事でした。きっとその人たちが、このバームの村を元の平和な村にもどしてくれると思います」

ネリーは、まるで大人のような口調で言いました。この一年足らずの間の経験が、すっかり彼女を成長させたようでした。

「そうだね。ネリーはいつもわたしを元気づけてくれる。これからは、すぐやって来る冬に向って村の人たちに準備をさせなければならないね」

トンプソン牧師は、くれぐれも消毒を怠らないように村の人たちに注意を与えました。そして、ブルックスさんやスミスさんたちの助けを借りて、食料や衣類が十分に行きわたるよう気を配りました。トンプソン牧師は、自分の命にも万が一のことがあった場合、村の人が困らないようにと用意を整えているようでした。

九月に入り、高原の村には白い霜が下りるようになり、ずい分と冷え込んできました。それと同時に、病人や死者の数は急速に減り始め、めったに死者も出なくなりました。ヒースの花はまだ丘を明るく輝かせていましたが、盛りはもう過ぎつつありました。

ネリーは、就寝前のお祈りをささげた後、とても静かで満ち足りた気持ちになって、たそがれの中に暗くかすんでいく丘の様子を見守っていました。夕風に運ばれて、ヒースの甘い香りが部屋の中にまで入って来るような気がしました。そして、ふとおばあさんの声を聞いたように思いました。

「ネリー、ネリー。よかったね。ペストがようやくおさまって」

「おばあさん」

丘の上に広がる空に、おばあさんのあのやさしいにこにことした顔が浮かんでいました。

「ネリー、ほんとうによくがんばったね。わたしはとても感心しているのだよ。ネリーはずい分立派な女の子に成長したものだとね」

「おばあさん、ありがとう。わたし、さっき神様にお礼を言ってたの。バームの村を救ってくださったことに。

おばあさん、ケイト、そしてクレア先生が、ずっと見守っていてくれたのね。ありがとう。ずい分たくさんの人たちが亡くなってしまったけれど、まだ残っている人たちがこの村を元どおりにしてくれると思うわ」

「そうだよ、ネリー。神様はいつも悪いようにはなさらないものなんだよ。

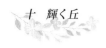

これからもずっと、亡くなったたくさんの人たちが天国からバームを見守っているよ。みんな、ほかの人の命を救うため、自分の命をささげた立派な人たちだよ。バームの人たちのおかげで、ペストはよそへ広がらなかったのだからね」

いつの間にか、おばあさんの両側にケイトとクレア先生の笑顔も浮かんでいました。二人はやさしく言いました。

「ネリー、よかったわね。よくがんばったわ。これからもずっと、ここからあなたや牧師様、そして村の人たちを見守っているわ。

きっと、村はまた元どおりになるわ」

ネリーは三人と語り合あっているうちに、とても幸福な気持ちになっていつしか窓辺にもたれたまま眠っていました。

翌日、ネリーはトンプソン牧師とブルックスさんのお伴をして、村の入口までマンスフィールド伯爵の使いの人から届けられる食料や衣類を取りに行きました。そして、久しぶりに、クレア先生とよく薬草を採っていた野を通りました。野は、まだ白いデイジーが一面に広がり、背の高い紅色のやなぎそうが群がり咲いていました。空色のヘアベルも風に揺れて、うすい花びらをふるわせていました。

「ほんとうに久し振りだ。こんなに落ち着いた気持ちで、外の空気を吸うのは」

トンプソン牧師は、しばらく足を止めて丘をながめました。ネリーもブルックスさんも同じ気持ちでした。

「もう終わりですね、牧師様。ペストとの闘いは」

ブルックスさんが言いました。

「ジョン、ありがとう。君たちのおかげでほんとうに助かったよ」

「いえ、わしは村を捨てようなんてした罪ほろぼしのつもりでやっただけです。牧師様のおかげで、バームの村もわしたちも神様の前で胸を張ることができます。

多くの死んだ者も、きっと後悔なんかしていないと思います。天国で喜んでいるに違いありません」

「そう言ってくれると、わたしも救われる。あまりにもたくさんの人たちが犠牲になったからね。

だが、亡くなった村の人たちは、きっと天国で神様から祝福されていると思うよ。この村の二百五十人余りの人々のおかげで、イギリス中の人々、何千人、何万人という人々が救われたのだから」

トンプソン牧師は、ブルックスさんとネリーに野の向うに連なる丘の紅色の輝きを指差して、言葉を続けました。

「ほら、あの丘を見てごらん。あんなに輝いている。バームの村は、きっと元のように平和で明るい村にもどるよ。

すべては、よみがえるのだ。そのよみがえりのために、災いが時に襲ってくるのだ。災いの後には必ず幸いが訪れる」

トンプソン牧師は、最後は自分自身に聞かせるかのように、つぶやいて言いました。丘はますます明るく輝いていました。
その時、近くの野から子どもたちの元気な歌声が聞こえてきました。

輪になれ　輪になれ　ばらの花
ポケットいっぱい　花の束
ハクショーンのショーンション
みーんなみんな　たーおれた

輪になれ　輪になれ　ばらの花
ポケットいっぱい　花の束
シーッ　シーッ
みーんなみんな　たーおれた

歌声はいつまでもいつまでも続き、広い空に響きわたっていきました。

おわり

本書執筆に当たっては、資料収集などでイギリスの友人スティーブン・グレイ氏に大変お世話になり、ここに謝意を表したいと思います。

著者紹介

飯田 まさみ

1944 年生まれ。福岡県久留米市在住。

主な著書に『風景の中のヨーロッパ』、『闇の国のヒロインたち―イギリスの昔話と伝説』（第 9 回ヨゼフ・ロゲンドルフ賞受賞）、『イギリス伝説紀行―巨人、魔女、妖精たち』、童話『天にとどく村』などがある。

新版 ペストの村にヒースの花咲く

著　者　飯田 まさみ

発行日　2020 年 9 月 24 日

発行者　高橋範夫

発行所　青山ライフ出版株式会社

〒 108-0014

東京都港区芝 5-13-11 第 2 二葉ビル 401

TEL：03-6683-8252

FAX：03-6683-8270

http://aoyamalife.co.jp

info@aoyamalife.co.jp

発売元　株式会社星雲社（共同出版社・流通責任出版社）

〒 112-0005

東京都文京区水道 1-3-30

TEL：03-3868-3275

FAX：03-3868-6588

ISBN978-4-434-27965-2